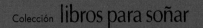

Colección **libros para soñar**

© del texto y de las ilustraciones: Manolo Hidalgo, 2004
© de esta edición: Kalandraka Ediciones Andalucía, 2004
Avión Cuatro Vientos 7, 41013 Sevilla
Telefax: 954 095 558
andalucia@kalandraka.com
www.kalandraka.com

Diseño: equipo gráfico de Kalandraka
Impreso en Tilgráfica - Portugal

Primera edición: junio, 2004
ISBN: 84.933780.3.8
DL: SE.2548.04

Renato

MANOLO HIDALGO

kalandraka

Renato se ponía muy CONTENTO
cuando llegaba el invierno.

¡Qué divertido era

JUGAR con la nieve!

Pero tenía PROBLEMAS
al deslizarse con su trineo.

Sus amigos le hacían BURLA.

Y Renato estaba TRISTE.

Un día, camino de la ciudad,
tuvo una IDEA.

Y se compró un SERRUCHO
para recortarse los cuernos.

Pero al regresar…

¡QUÉ DESASTRE!

Algo tendría que hacer...

Ahora Renato es muy FELIZ...

¡Y sus AMIGOS también!